Puedes consultar nuestro catálogo en www.picarona.net

Texto: *Ana Oom*
Ilustraciones: *Raquel Pinheiro*

1.ª edición: febrero de 2017

Título original: *Não quero... ir dormir*

Traducción: *Lorenzo Fasanini*
Maquetación: *Montse Martín*
Corrección: *M.ª Ángeles Olivera*

**ZERO
A OITO**
www.zeroaoito.pt

Edita: Picarona, sello infantil de Ediciones Obelisco, S. L.
Collita, 23-25. Pol. Ind. Molí de la Bastida
08191 Rubí - Barcelona
Tel. 93 309 85 25 - Fax 93 309 85 23
E-mail: picarona@picarona.net

ISBN: 978-84-9145-029-0
Depósito Legal: B-24.629-2016

Printed in Portugal

No quiero...
ir a dormir

Texto: Ana Oom
Ilustraciones: Raquel Pinheiro

María era una niña llena de energía.
En la escuela nadie conseguía que estuviera
quieta. En el recreo, corría y parecía que
sus trenzas iban dando saltos.

María

En casa le pasaba lo mismo. Desde que llegaba hasta que se acostaba, María nunca estaba quieta.

Iba de la habitación a la sala, continuamente dibujaba, agarraba un juguete tras otro y, cuando se sentaba a cenar, se movía en la silla sin parar.

Sin embargo, cuando llegaba la hora de acostarse y su mamá le decía «¡a la cama!», María enseguida se tranquilizaba.

«Así mamá se olvidará de meterme en la cama», pensaba.

Pero se equivocaba. Unos minutos más tarde, su mamá insistía:

—¡Venga, vamos!

10

Entonces María le rogaba:

—¡Un poquito más! ¿Puedo?

—y se acurrucaba en el sofá.

Poco después, su mamá la tomaba en brazos, y le decía:

—¡Venga, que mañana hay que ir a la escuela!

13

Pero María no se dejaba convencer. Después de lavarse los dientes, iba a su habitación, y de puntillas, delante de la estantería, agarraba el primer libro que veía.

Luego, dándose la vuelta, le pedía a su mamá:

—¿Puedo mirar este cuento?

—Está bien. Pero luego, a dormir, que ya es hora —le contestaba.

Su mamá fue a apagar la luz,
como cada noche, pero María le dijo:

—Falta el besito de las buenas noches…

Y su mamá se lo dio.

Después, salió de la habitación y se sentó
cómodamente en la sala, pero al rato volvió
a aparecer María.

—¿Puedo hacer pipí? ¡No aguanto más!

La mamá pensó que era mejor dejar que fuera
al cuarto de baño, pero le recordó:

—María, ¡no vuelvas a salirte
de la cama!

La niña puso cara de haberlo entendido,
pero no parecía muy dispuesta a obedecer.

De hecho, una vez en la cama, volvió
a llamar a su mamá:

—¡Tengo sed! ¡Quiero un poco de agua!

La mamá, ya cansada, le llevó un vaso de
agua y por fin María acabó durmiéndose.

Al día siguiente, a la hora de siempre,
su mamá fue a despertarla.

María se dio la vuelta y refunfuñó:

—Un poquito más…

Pero la mamá no pensaba dejarla
en la cama ni un minuto más.

—¡Llegarás tarde a la escuela!
Y a tu profesora no le hará ninguna gracia…

21

María se levantó, pero se fue durmiendo por el camino. En el **recreo** comenzó a fastidiar a su mejor amiga, quería ser ella la primera en saltar a la cuerda. Estaba muy **malhumorada**, discutía por cualquier cosa y sus amigas, cansadas de tantas rabietas, no quisieron jugar al escondite con ella.

23

A la salida de la escuela,
la esperaba su abuelita. Enseguida supo
que María había tenido un **mal día**,
y para darle una alegría le dijo:

—¿Te has olvidado que hoy vamos
al circo?

Después de un día tan aburrido, María,
que llevaba semanas esperando este
momento, se puso muy contenta.

Sin embargo, su entusiasmo duró poco. Cuando el espectáculo no había hecho más que empezar, María se quedó dormida en el asiento, acunada por la música que acompañaba al ilusionista.

Entraron los malabaristas y ella seguía durmiendo, luego fue el turno de los payasos pero María no soltó ni una carcajada porque seguía dormida.

Cuando el espectáculo terminó, María preguntó desilusionada:

—¿Ya nos vamos a casa? ¡Pero si aún no han salido los payasos!

27

La abuela le explicó:

—¡Es que tú no los has visto porque has estado casi todo el tiempo durmiendo... ¡Ni siquiera te han despertado los rugidos del león! Luego, cuando mamá te mande a la cama, obedécela y aprovecha para descansar. Así mañana tendrás energía suficiente para hacer lo que quieras...

Entonces, María comprendió que dormir y descansar era muy importante, y a partir de ese día, cuando por la noche su mamá terminaba de contarle el cuento y le decía «¡ahora a dormir!», ella le contestaba:

—¡Buenas noches, mamá!

29